AUX AMANTS

DE

L'HARMONIE.

———

Amants de l'harmonie,
A vous tous je dédie
Le fruit de mes efforts.
Sans doute, les accords
Dont je vous fais hommage
Ne sont pas le langage
Qui, par vos douces voix,
Nous transporte parfois;
Pourtant j'ose prétendre,
Si je me fais entendre,
Gagner de votre part
Un bienveillant regard.

Ce jour dans la carrière
Venant montrer mes pas,
Je crains une lumière
Qui ne me guida pas :

Car ce que j'en possède,

Trop peu pour mes travaux,

Me fait, quand je l'excède,

Craindre de mes rivaux.

Tel, souvent, je me cache,

Et dans l'ombre et sans bruit

Recherche douce tâche,

Belle fleur ou bon fruit.

Ainsi je vois ma lyre

Dans jardins et bosquets

Loin des yeux de Zéphyre

Dérober des bouquets.

Celui que je présente

Devant vous, en ce jour,

Fut cueilli dans l'attente

D'exciter votre amour.

Par l'espoir de vous plaire

Je me laisse emporter;

De ma main téméraire

Veuillez donc l'accepter.

LÉON BAUX.

Charleville, le 24 Mai 1854.

AU LECTEUR.

En mettant au jour un chapitre de mes *Essais poétiques*, j'éprouve le regret de ne point offrir au public un ouvrage plus complet. Car s'il m'eût été permis de fouiller dans l'histoire de tous les temps et de tous les peuples, je n'eusse pas manqué d'y rencontrer des lieux et des richesses qui, en livrant l'espace à mon poème, lui eussent donné un fond plus sérieux. Cependant, si je considère les obstacles que j'avais à surmonter, lorsqu'il y a six ans je fesais mes premiers pas dans la carrière poétique, et ceux, peut être encore plus grands, que j'ai à vaincre aujourd'hui, je dois m'estimer heureux de la publication que je fais, comptant, toutefois, sur l'indulgence que, de la part de mes juges, je crois pouvoir obtenir.

Dans mon poème, j'ai essayé la peinture d'un concert instrumental, et j'ai choisi, comme offrant plus à la description, un morceau tel qu'une ouverture d'opéra. Sans savoir comment j'ai réussi, je ne veux point dire que l'harmonie que j'exprime puisse agir sur les auditeurs, ainsi que j'ai pu l'exposer. Si j'avais voulu, ou plutôt si j'avais pu rendre la douce harmonie, cette harmonie tendre, passionnée, inspiratrice qui, s'emparant de nous, qui, s'attaquant à tout ce que nous avons de plus sensible et de plus noble, nous cause un bien-être indéfinissable, et nous plonge dans un océan de délices et de voluptés, un soir, quand tout repose et semble se recueillir, je me serais trouvé sous un ciel pur et brillant; et là, respirant un air calme, frais et embaumé, j'aurais été frappé par les accords d'un de ces orgues de Barbarie, jouées avec âme et dotées d'un tremblant-doux : (1) Alors, j'aurais senti mon cœur s'échauffer, s'inspirer et bondir, en entendant le *Chœur des Girondins*. Puis, je me serais senti comme saisi de vibrations; des accents d'une douceur ineffable seraient venus captiver mon cœur, l'auraient dilaté, attendri, enivré, et mon âme exaltée aurait. dans ses brûlants transports, perdu mes esprits dans des régions d'amour et de délicieuses saveurs : car, la *Favorite* ayant retenti, mes pas se seraient arrêtés.... Oh ! rien de plus doux, rien de plus délicieux que l'harmonie; c'est un langage divin, un souffle céleste ! heureux tous ceux qui ne voient point que des yeux, qui n'entendent point que des oreilles ! heureux l'homme qui vit, qui ressent et qui aime !...

---

(1) Je donne ici pour exemple l'orgue de Barbarie, parce que c'est par lui que j'ai pu goûter les douces émotions dont je fais la peinture. Mais, je dois dire que je sais, par expérience, que d'autres agents de l'harmonie peuvent accorder les mêmes délices.

A LA MUSIQUE.

—

Soutiens – moi, Polymnie, en l'ardeur qui m'inspire;
Toi – même, efforce – toi, dis ce que je dois dire.
Saisis ta lyre, Orphée, et reprends – la des cieux,
Afin de me donner des sons mélodieux;
Car jamais dans un lieu plus aimé du Parnasse,
Chanteur ne pénétra, cédant à son audace;
Jamais je ne pourrais prétendre que mes vers
Pussent franchir les monts et parcourir les mers,
S'ils n'étaient animés du souffle de la vie,
Si pour eux les échos n'avaient une aile amie.

  O muse, de ta voix donne – moi les douceurs;
Prète – moi tes parfums, tes grâces, tes couleurs;
En me laissant puiser les ondes du Permesse,
Remplis tous mes accents de transports et d'ivresse;
Car, voulant en ce jour captiver les mortels,
En exaltant des cieux les bienfaits éternels,
Il me faudrait puiser dans le céleste empire
Et le charme et l'amour qui manquent à ma lyre.

  Et vous, dont le génie enfantait les accords,
Pour vous unir à moi, quittez les sombres bords.

Heureuses légions du temple de mémoire,

Levez-vous pour chanter le triomphe et la gloire ;

Venez, Rameau, Gretry, Haydn et Sachini ;

Vous aussi, Boïeldieu, Méhul, Chérubini....

Remplissez de vos sons les mondes, les abimes ;

Emouvez l'univers par des accents sublimes ;

Et que vos saints concerts, pénétrant dans les cieux,

Louangent la Musique, aux chants harmonieux.

   Mais le ciel va s'ouvrir ; l'espace sans barrière,

Contenant dans son sein la vie et la lumière,

Et me faisant goûter des chants mystérieux,

Tout-à-coup vient offrir la musique à mes yeux.

Dans un centre de gloire, au milieu de fluides

Roulant et bondissant sous la main des sylphides,

Je la vois sur un char tout d'or et de saphirs,

Que mènent des milliers d'échos et de zéphirs.

A ces doux serviteurs elle même confie

Les sons qu'avec amour elle donne à la vie,

Et, toujours répandant d'enivrantes saveurs,

Elle voit les plaisirs la couronner de fleurs.

De cette belle reine ils contemplent sans cesse

Le front brillant et pur, et les yeux pleins d'ivresse,

Sa bouche gracieuse, où viennent tous les ris

Jouer dans des parfums et rouler des rubis.

Sur son sein, effaçant et le lys et la rose,
Le charme, aux cent couleurs, resplendit et repose,
Et ses doigts enlacés dans des nerfs frémissants
Vont mêler à sa voix d'ineffables accents.
Par les divins attraits dont elle est éclatante,
Les mondes et les cieux en font leur tendre amante,
Et goûtent dans son sein de pures voluptés.
   Mais pourrai-je toujours soutenir ces clartés?
Tout rempli que je suis de tes flots d'harmonie,
Si doux à mes esprits et si chers à ma vie,
O Musique, en ce jour, fouillerai-je les lieux
Où tu sais accomplir tes faits prodigieux?
Ah! toi-même plutôt fais paraître à ma vue
De ton sceptre d'amour la force et l'étendue!

La brise, s'échappant des épaisses forêts,
Caressant les moissons qui dorent les guérets,
M'apporte les accords de voix mélodieuses
Qui, semblant imiter des trompes belliqueuses,
Appellent des amis au lieu du rendez-vous.
Près d'éclatantes voix, les accents les plus doux,
Tels que d'heureux zéphirs, traversent le feuillage,
Et c'est entre rivaux un concours qui s'engage.

Ce chanteur dans une ode étale son talent,

Roule, cadence, élève, articule son chant ;

Célèbre la nature enfantant ses richesses,

Et ce que chaque jour il doit à ses largesses ;

Saluant la lumière, il louange les cieux

Du brillant horizon qui sourit à ses yeux.

Cet autre sous l'effet d'une brûlante ivresse

Me donne à savourer des accents de tendresse,

Appelle sa moitié qui vient, en sautillant,

Répondre à ses soupirs et s'unir à son chant.

Mais d'une voix plus fière a retenti la plaine,

Ses échos vont trouver la noble chatelaine,

Eveiller le berger, et dire au laboureur

Que bientôt il devra reprendre son labeur.

Puis viennent des accents langoureux et timides

Que combattent des voix vibrantes et rapides.

Mais il est un instant où, tout silencieux,

Paraissent terminés ces chants délicieux.

Un doux gazouillement pourtant se fait entendre ;

Des sons plus véhéments ne se font pas attendre,

Et, livrant la milice à de nouveaux transports,

Dans les airs mille voix vont former des accords :

C'est un concert d'amour, c'est un hymne de grâce,

Que de joyeux échos répandent dans l'espace.

Musique, c'est par toi que les douces saisons,
Pour réjouir nos cœurs, résonnent de chansons ;
Que ces tendres oiseaux savent dès leur jeune âge
Enchanter nos bosquets de leur brillant ramage.
A peine on voit Aurore, en son glorieux cours,
Répandre sur les fleurs ses perles des beaux jours,
Et dérober aux cieux l'étoile matinière,
Que l'écho des vallons nous redit leur prière.
Et les mortels saisis de sons mélodieux,
Portant à l'Eternel des tributs et des vœux,
Goûtent dès leur réveil une douceur secrète.
Puis, quand revient la nuit, la forêt nous répète
Les chaleureux accents du prince des chanteurs.
Il la fait tressaillir jusqu'en ses profondeurs ;
Et, modulant sa voix souple, sonore et pure,
Semble par tout son art captiver la nature.
Et nos esprits, plongés dans le recueillement,
Ne nous expriment plus que le ravissement ;
Notre ame, s'échauffant, de son hymne s'inspire.
Et grandit, dans l'élan d'un sublime délire.
Hélas ! de si beaux jours vite doivent passer ;
Le froid des aquilons bientôt vient les chasser :
Le feuillage est désert, et dans les solitudes
Tout dort : adieu, concerts, cantates et préludes !

Cependant le lointain m'apporte tout joyeux

Les chants du laboureur aux bras laborieux.

Vois quel plaisir l'anime et quelle ardeur le presse;

Il ne peut exprimer le bonheur qui l'oppresse,

A l'aspect de ses champs tout couverts de moissons,

Qu'en fesant dans les airs retentir ses chansons.

Je crois entendre ici l'hymne de la nature,

A sa propre richesse empruntant sa parure,

Et d'une voix sublime élançant vers les cieux

L'amour qu'elle respire en leurs dons généreux.

Les rustiques travaux s'animent dans la plaine;

Tous les vents ont déjà perdu leur fraîche haleine,

Et l'on voit le berger, suivi de ses troupeaux,

Laisser le serpolet et gagner les ormeaux.

Dans le gazon fleuri d'une riche vallée,

Et roulant les trésors de son onde perlée,

Un ruisseau mollement parcourt les environs.

C'est vers ces riants bords que pasteur et moutons,

Se dérobant au poids d'une chaleur ardente,

S'empressent de chercher une ombre bienfaisante.

Mais une douce voix s'élève dans les champs;

L'émule d'Apollon fait entendre ses chants,

Et, ses tendres couplets volant dans la campagne,

Son amante, bientôt, survient et l'accompagne :

Et bergère et berger, par les plus doux accents,

Frappent de leur concert l'oreille des passants ;

Et toute la nature, opérant en silence,

N'a qu'un sublime écho qui vers les cieux s'élance.

Cessant de se nourrir, les troupeaux attentifs

Bientôt, lèvent la tête et demeurent pensifs.....

Les vents sont apaisés ; et du sein des prairies

Apparaissent les fronts des fleurs épanouies.

Le feuillage en repos reçoit tous les zéphirs

Qui pour goûter tes sons ont cessé leurs plaisirs.

Tout cède à tes attraits ; tu vaincs tout par tes charmes ;

Tu fais taire les ris et tu sèches les larmes ;

Et tout, à tes accents doux et délicieux,

Pour jouir se recueille et se reporte aux cieux.

Laissons les simples champs ; et voyons dans un mond

Enivré de plaisirs que son or seul féconde,

Si, jusque dans le sein d'un bruit tumultueux,

Tu pourras dominer par des accents heureux.

Terpsichore serait inhabile à la danse,

Si tu ne lui marquais les pas et la cadence.

Et qu'offriraient sans toi tous ces cercles nombreux,
Où chacun veut briller par des efforts joyeux,
Si l'appel de ta voix et l'élan qu'elle donne
Ne venaient enlever l'essaim qui tourbillonne?
La grâce aux pieds légers, aux fastueux atours,
Ne pourrait de ses pas dessiner les contours;
Ce qui fait nos plaisirs quand ton bras le préside,
Sans lui nous paraîtrait et bizarre et stupide.

A ton char attaché, plus loin je puis te voir
Enfanter les plaisirs et montrer ton pouvoir.
Tu règnes parmi nous en tendre souveraine;
Triomphante partout, la gloire est ton domaine.
 Melpomène et Thalie, empruntant tes douceurs,
Se parent de tes sons pour surprendre les cœurs :
L'une sait égayer la scène par tes charmes,
Et l'autre de la mort adoucit les alarmes.

Dans une riche enceinte, où l'or s'unit aux fleurs,
Où les grâces, les ris se mêlent aux senteurs,
Je vois d'heureux mortels enfantant l'harmonie,
A l'aide des agents qui lui donnent la vie.
Tout est silencieux; et le groupe agité,
Se pressant, obéit, et tout est apprêté.

Le signal est donné : de toutes parts jaillissent

Des sons prestes, aigus, doux, puissants, qui s'unissent

Et forment dans les airs, heureux d'y folâtrer,

Un cercle de plaisirs, que chacun veut parer.

Près du tendre hautbois, la flûte, au doux langage,

De perles va couvrir le cor sourd et sauvage ;

Les violons chantant animent les pistons,

Qui, sémillants et fiers, sont suivis des clairons.

Et d'autres sons, en foule, allant près de leurs frères,

Se mêlent à leurs chants, à leurs danses légères ;

Puis, au sein de parfums et de flots lumineux,

Tous, enivrés de joie, engagent mille jeux.

On entend un amant près de sa bien-aimée,

Lui peignant de quels feux son ame est animée ;

La passion s'exhale en ses brûlants discours,

Où, le front souriant, la tendresse est toujours :

C'est par des sons filés avec un art extrême,

Aussi doux que l'amour et plus purs que lui-même.

Et, bientôt, la fanfare éveillant les échos,

Pour de nobles plaisirs, viennent d'autres héros.

Parfois, avec éclat, on voit la symphonie

Montrer des combattants, défendant leur patrie,

Faire entendre les chants triomphaux et guerriers

De valeureux soldats, tout couverts de lauriers ;

Mais ici, des chasseurs, poursuivant dans la plaine
Le cerf qui, devant eux, fuit une mort certaine;
Leurs coursiers galopant, écumant sous l'ardeur,
Et volant à la voix du cor et du veneur;
Les meutes fendant l'air, les meutes glapissantes,
Avec leurs yeux sanglants et leurs gueules béantes;
L'habitant des forêts qui, par mille détours,
Aussi prompt que l'éclair, leur échappe toujours :
Tels se montrent les sons et leur belle harmonie.
D'accents victorieux, la carrière remplie,
Laisse entendre une voix exprimant la douleur :
C'est le cri du vaincu tombant sous son vainqueur.
Car de ses assaillants la victime pressée,
Agile, dans les flots d'un bond s'est élancée;
Elle pleure et gémit, croyant fléchir son sort;
Mais dans ses flancs on vient porter le coup de mort.
Pour toujours captiver, toujours être émouvante,
Euterpe constamment paraît tendre ou brillante.
Passant du doux au grave et du triste au joyeux,
Les sons trop retenus volent impétueux;
Les serpents de laiton, la basse, le trombone,
La caisse, tout bondit, tout mugit, tout résonne :
Simulant un combat, c'est un cahos de chants,
Où les plus doux accords cèdent aux plus perçants.

De la confusion ou de l'antipathie
Parvient à s'échapper l'aimable mélodie
Dévoilant ses·attraits, elle attache et séduit ;
Mais l'envie en courroux fait renaître un conflit.
Bientôt tant de rivaux, excédés de fatigues,
Par un décrescendo voient abattre leurs brigues ;
Et, mêlés, confondus, par son souffle emportés,
Vont reposer au loin leurs poumons dilatés.

  Les airs, en tressaillant, savouraient avec joie
Ces chants dont les échos se disputaient la proie,
Et tous les auditeurs, émus et transportés,
Regrettent les accords qu'ils ont si bien goûtés.
O Musique, c'est toi qui de tous es bénie ;
Faut-il qu'à leur amour tu sois si tôt ravie !
Les as-tu contemplés ? — As-tu vu comme en eux
Rayonnait le bonheur ? Tout ouïe et tout yeux,
Souvent bouche béante et gagnés par l'extase,
Leurs esprits ne sont plus qu'au feu qui les embrase.

Et n'est-ce point encore à goûter tes douceurs,
A s'instruire dans l'art de captiver les cœurs,
Que, sous la soie et l'or, la beauté jeune et tendre
Consacre de ses jours tous ceux qu'elle peut prendre ?

Qui, mieux que toi, pourrait embellir les instants
D'un cœur candide et pur, aux instincts innocents ?
Quoi de plus digne, enfin, pour enivrer un ange,
Que la suavité d'un parfum sans mélange ?
Jamais, heureusement, le poète, en ses vers,
Ne chanterait Bacchus prodigue à l'univers,
Si tu ne t'alliais à des termes arides,
Invitant à remplir des coupes qui sont vides.
Et, sans toi, plus d'entrain, de charme, de plaisir ;
Sur les lèvres les ris ne viendraient que mourir ;
On n'entendrait jamais s'élever de la table,
Trahissant une voix pure, douce, agréable,
Ces aimables couplets, aux sens si délicats,
Ces bouquets des festins semés parmi les plats.
Puis ces réunions, froides de bienséance,
Stériles en bons mots, garderaient le silence,
Ou, prises de discorde, aigrissant leurs humeurs,
Exhaleraient leurs voix en bruyantes clameurs ;
Ne vomiraient bientôt que mordantes critiques,
Ou se hérisseraient de discours politiques.

Mais je te vois ouvrir un champ plus glorieux ;
De plus mâles accents font retentir les cieux.

Joignant à ta douceur la force de tes charmes,
Tu vas déterminer la fortune des armes.

Ta sonore éloquence inspire à nos guerriers
La bouillante valeur qui cueille les lauriers.
C'est avec tes accents qu'ils appellent la gloire;
C'est encore avec toi qu'ils chantent la victoire.
Et quand leurs bataillons, accélérant le pas,
S'avancent pour montrer leur puissance aux combats,
Enivrés du nectar de ta douce harmonie,
Animés du désir d'honorer leur patrie,
Et du plus grand éclat couvrir leurs étendards,
Ils sont tous des héros, ils sont tous des Césars,
Bravant du fer, du plomb, la grêle meurtrière,
Demeurent-ils enfin maîtres de la carrière,
Qu'aussitôt la victoire apparaît en leurs rangs,
Leur décernant à tous le prix des conquérants.
Fière de ses enfants, rayonnante de gloire,
Elle porte leurs noms aux tables de mémoire;
Et même elle saura, pour leur célébrité,
Annoncer leurs exploits à la postérité.
Puis partout dans le monde, au son de la trompette
On entend publier et chanter leur conquête.

Je n'irai pourtant pas, plein d'admiration,
Proclamer qu'en nos jours tu fais vivre Amphion;

Je n'ajouterai pas qu'en entraînant les arbres
Tes sons et tes accords font tressaillir les marbres ;
Que du plus fier torrent ils arrêtent le cours,
Et rangent à tes pieds les lions et les ours :
Jamais tu n'entendras de moi pareil langage :
Je ne veux embellir ni briser ton ouvrage ;
Mais, pour tous tes attraits, le cœur épris d'amour,
Je viens faire briller tes gloires au grand jour.

Cédant à tes appas, partout je t'ai suivie ;
Dans tes bras délirants, j'ai pu, l'âme ravie,
Goûter de saints transports, et ta douce saveur
A dans l'enivrement souvent plongé mon cœur....
Mais de nouveaux échos se font encore entendre ;
Et quelles sont ces voix qui viennent me surprendre ?
Sous un dôme sacré s'élèvent ses autels
Où sont agenouillés des plus fervents mortels.
Eloignés du cahos, des miasmes du monde,
Ils demandent au ciel une grâce féconde ;
Et dirigeant vers lui leurs esprits, leurs ardeurs,
Savourent des parfums qu'envieraient bien des cœurs.
Sous l'effet des élans d'une joie extatique,
L'ivresse de leurs seins s'exhale en un cantique ;

Et pour monter aux cieux, à leurs pieux accents
Viennent bientôt s'unir des nuages d'encens.
L'harmonie et l'amour qu'en ces chants on respire
Pénètrent dans toute âme; et c'est sous leur empire
Que l'homme s'élevant jusqu'à son créateur,
Rend grâce à sa clémence, honore sa grandeur;
Qu'il pleure ses méfaits, expose sa faiblesse;
Qu'il gémit, qu'il adore et grandit et s'abaisse :
Sublimes sentiments qu'à tous enfants de Dieu
Accorde la ferveur, dans un temple, en tout lieu.

O toi, qui sais t'unir aux hymnes, aux prières
Qu'adressent au Très-Haut, à l'autel des mystères,
Les humains prosternés, rends-moi d'autres accords,
Car pour te célébrer je suis à bout d'efforts !
Je ne te suivrai point aux lieux béatifiques,
Pour aller écouter les harpes séraphiques,
Ni pour mêler ma voix au cantique éternel :
Mes sens sont trop grossiers, mon œil est trop charnel.
Mais pure séductrice et douce enchanteresse,
A jamais verse-nous le bonheur et l'ivresse
Et, toujours ton triomphe emplissant l'univers
Je te laisse à ton trône, et je reste à mes vers.

Charleville. Typ. et Lith. de A. Pouillard.

www.ingramcontent.com/pod-product-compliance
Lightning Source LLC
Chambersburg PA
CBHW061522170626
46811CB00004B/1808